工戊信用金庫
自転車放置禁止区域
杉並区

ぼくはおばけのかていきょうし

なぞのあかりどろぼう

さとうまきこ 作　原ゆたか 絵

ある日《ひ》のこと。
一時間目《いちじかんめ》のはじめに、
花《はな》井《い》先生《せんせい》がいいました。
きょうから、いっしょにべんきょうすることになった、黒田《くろだ》みよさんです。みんな、なかよくしてね

「か、かわいい……」

ヒデくんはおもわず、つぶやきました。だって、
おかっぱのかみの下《した》からのぞく、大《おお》きな目《め》。

つんと、上《うえ》をむいたはな。小《ちい》さな口《くち》。

「みよちゃんか。名前《なまえ》もかわいいなあ」

「それでは、みよさん。ヒデくんのとなりの
せきがあいていますから、すわってください」

「はい」

ヒデくんのむねはもう、ドッキン、ドッキン。

ところが、みよちゃんはせきにすわるとすぐ、

こっくりこっくり、
いねむりをはじめました。

「ねむった顔《かお》も、かわいいな」

「じゃあ、つぎ。ヒデくん、
よんで。ヒデくん？」

「あ、はい。えーと、えーと……」

「きいていなかったのね。

じゃあ、みよさん、みよさん？

みよさん？」

「ふわーい」

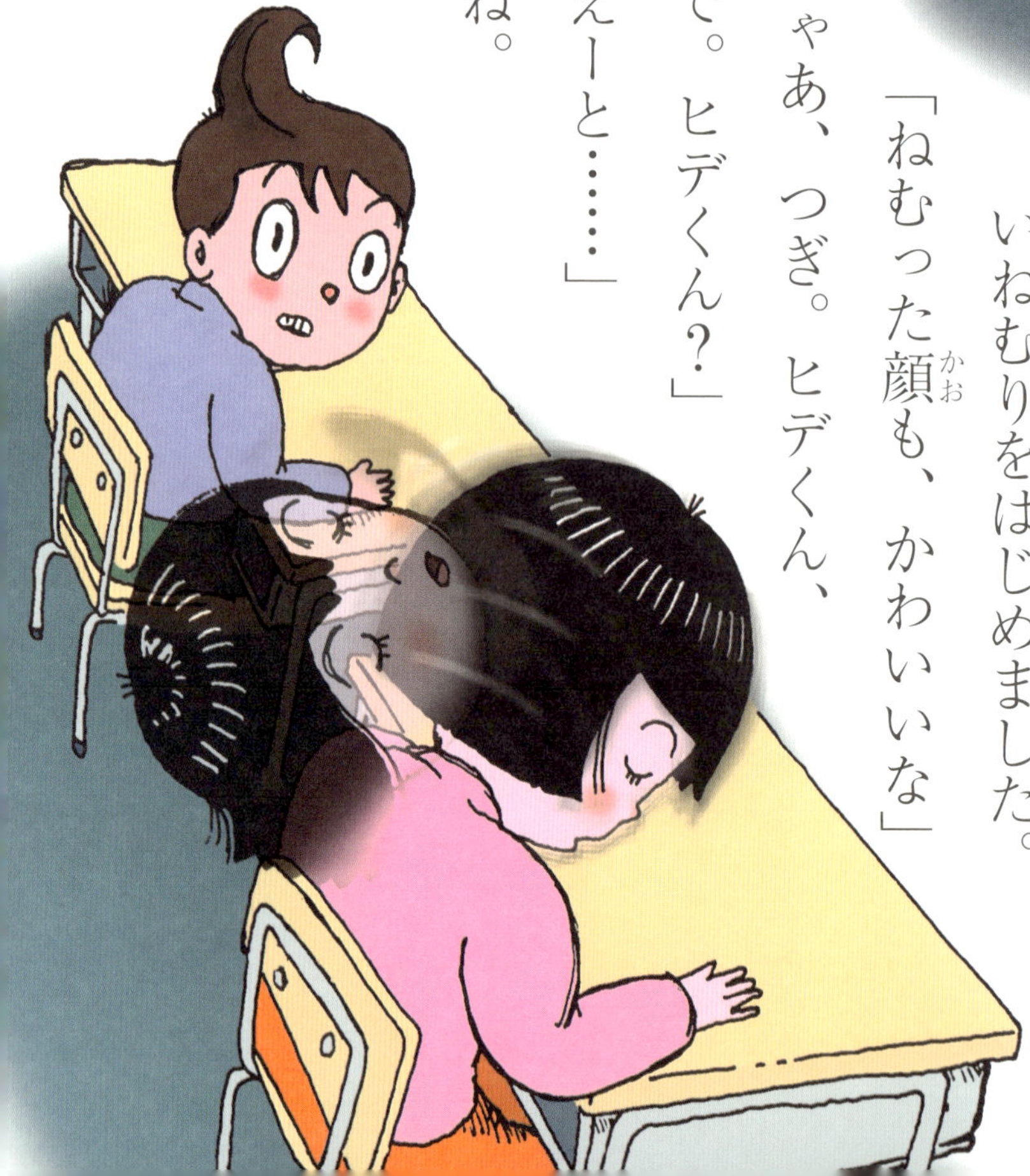

「ねむってたのね。ふたりとも、
しばらく、うしろに
立《た》ってなさい」
「いいな、いいな」
「ヒデとみよちゃん、ラブラブだ」
みんなが、ひやかしました。
「んなあ。
やめてくれよ」
ヒデくんは、てれくさくて、
もじもじ、もじもじ……。

その日《ひ》のかえり道《みち》。

「じゃあね」

「バイバイ。また、あした」

ヒデくんが友《とも》だちとわかれて、
かどをまがると、

「あれっ、みよちゃんだ。

みよちゃーん」

「あら、ヒデくん」
「ねえねえ。みよちゃんちって、
どこ？」
「この道《みち》をまっすぐ、
いったところよ」
「ぼくんちもだよ。じゃあ、
いっしょにかえろう」
けれども、みよちゃんが
「ここよ」と足《あし》を
とめたところは……。

「げっ。おばけやしき……」

「え？　なにかいった？」

「う、ううん。なんでもない」

その家《いえ》は、草《くさ》ぼうぼうの、ふるい家《いえ》で、ずっとあき家《や》になっていたのです。それで、みんなは「おばけやしき」とよんでいたのでした。

「あの家《いえ》には、かみの長《なが》い女《おんな》のゆうれいがすんでいるんだって」とか、「むかし、あの家《いえ》にすんでいた人《ひと》がじさつして、そのゆうれいが出《で》るんだって」なんてうわさもあります。

ヒデくんも、あそんでいて、かえりがおそくなると、「おばけやしき」の前《まえ》は走《はし》って、とおりすぎるのでした。

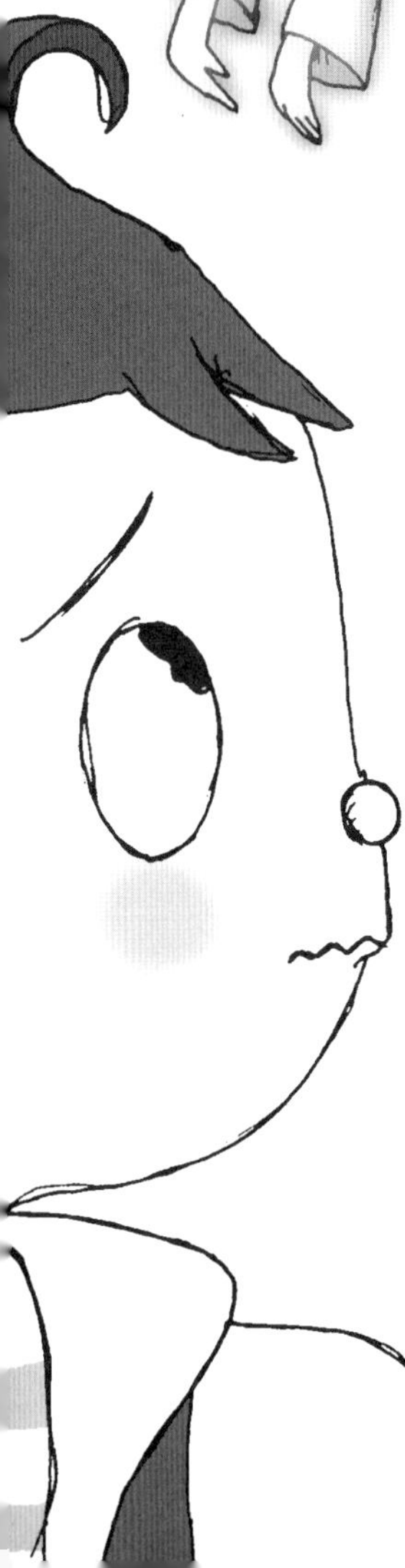

すると、
みよちゃんが
にっこりわらって、
「ねーえ。きょう、ヒデくんの
家《いえ》にあそびにいってもいーい？」
「ええっ。も、もちろん、
もちろん」
ヒデくんはたちまち、
にっこにこ。

家《いえ》にかえると、おかあさんが、
「まあ、てんこうせい？
かわいいわねえ」
ヒデくんのへやに、ジュースと
おせんべいをもってきてくれました。

「ヒデくん。
テレビゲーム、
やろうぜ、いえ、
やりましょうよ」
「うん、いいよ。
なにやろうか」
「サッカーのゲームがいいわ」
ところが、ゲームが
はじまると……、

「ちっきしょう！　なんだよ、このやろう！」

バリバリ、おせんべいを食《た》べながら、
みよちゃんがいいました。

「ほら、いけってんだ、こんにゃろー！」

「みよちゃんって、男の子《おとこのこ》みたいだね」

と、ヒデくんがいうと、

「そ、そうなのよ、ことばがらんぼうだって、
よくおかあさんにしかられるの。うふふ」

でも、そういうそばから、また、

「くそっ！　一点《いってん》、とられちまったぜ。あったま、きた」

やがて、五時《ごじ》を
しらせる、こうえんの
チャイムがきこえて
きました。そして、
ヒデくんのおかあさんが、
だいどころから大《おお》きな声《こえ》で、
「ヒデくん。そろそろ、さよなら
しなさい。くらくなると、
女《おんな》の子《こ》はあぶないわよ」

「いいや。また、くるぜ、
じゃなかった、また、くるわ。
その前《まえ》に、トイレはどこ?」
ヒデくんは、ばしょを
おしえてあげました。

「だって」と、
ヒデくんがいうと、
みよちゃんは、
「ふん」といって、
かたをすくめました。

しばらくして、
トイレから出《で》てきた
みよちゃんは、

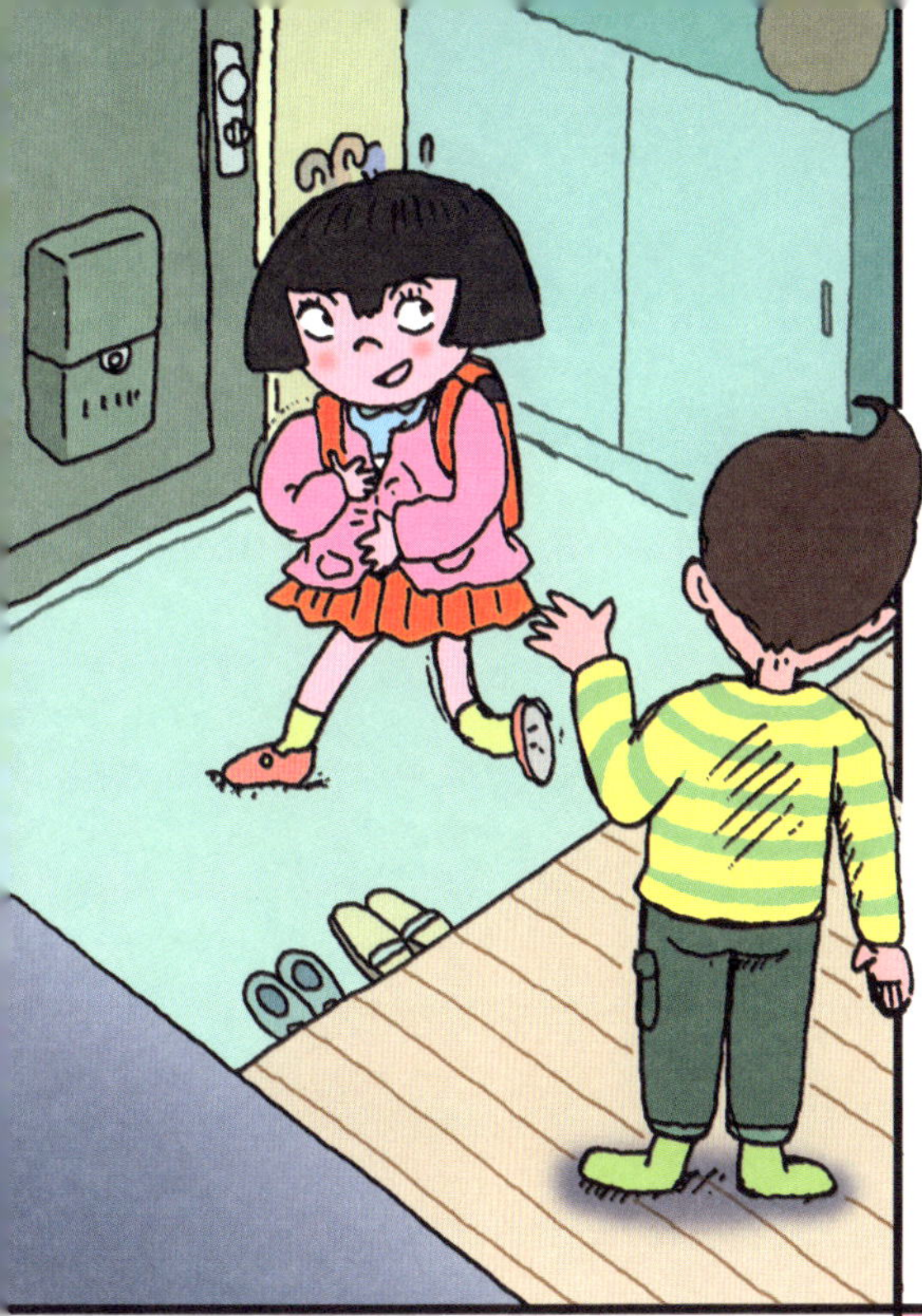

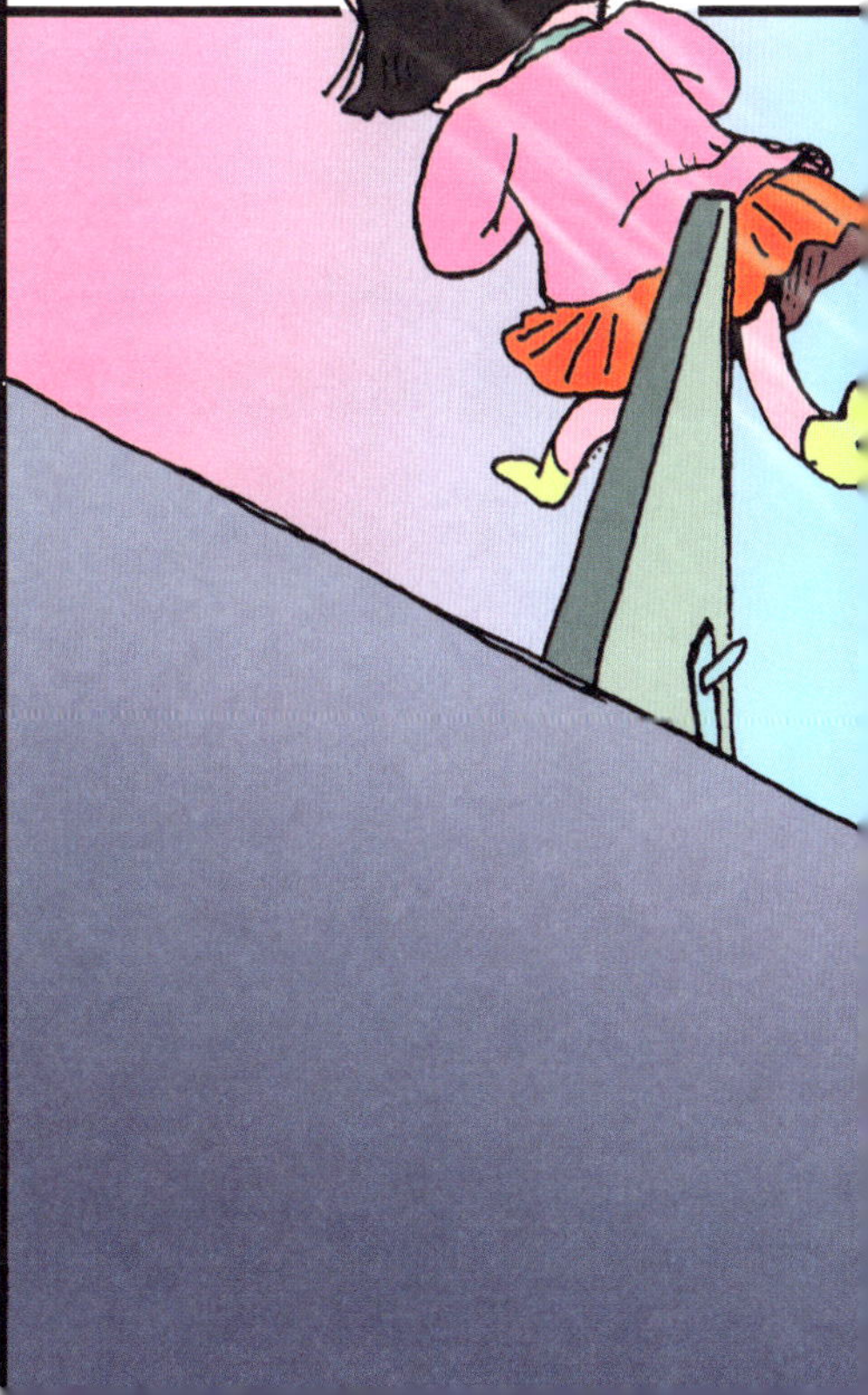

「ああ、すっきりした。
じゃあね」
「うん。また、あしたね」

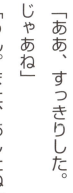

そのばんのことです。

「おかしいなあ。トイレのでんきゅうがなくなっているぞ」

首《くび》をかしげながら、おとうさんがトイレからもどってきました。

「まあ、どうして？」

ヒデくんも、おかあさんといっしょに見《み》にいってみました。

「ほんとだ。なくなってる。まさかトイレの花子《はなこ》さんじゃ……」

「なあに、その、トイレの花子《はなこ》さんって？」

「むかしから、学校《がっこう》につたわる、こわーい話《はなし》だよ。学校《がっこう》のトイレに、花子《はなこ》さんっていうゆうれいがすんでいて、トントンってドアをノックするでしょ。そうすると、中《なか》から、赤《あか》い紙《かみ》くれーっていう声《こえ》がするんだって。それで、うっかりへんじをした人《ひと》は、のろわれちゃうんだよ」

「フフフ。ヒデったら、そんなこと、しんじてるの？」

「だいいち、ここは、学校《がっこう》じゃないぞ」

「そんなことより、パパ。コンビニで、でんきゅうをかってきてよ」

「はいよ」

おかあさんに
いわれて、おとうさんは
家《いえ》を出《で》ていきました。
そして、じきに
かえってくると、あたらしい
でんきゅうをトイレにつけました。

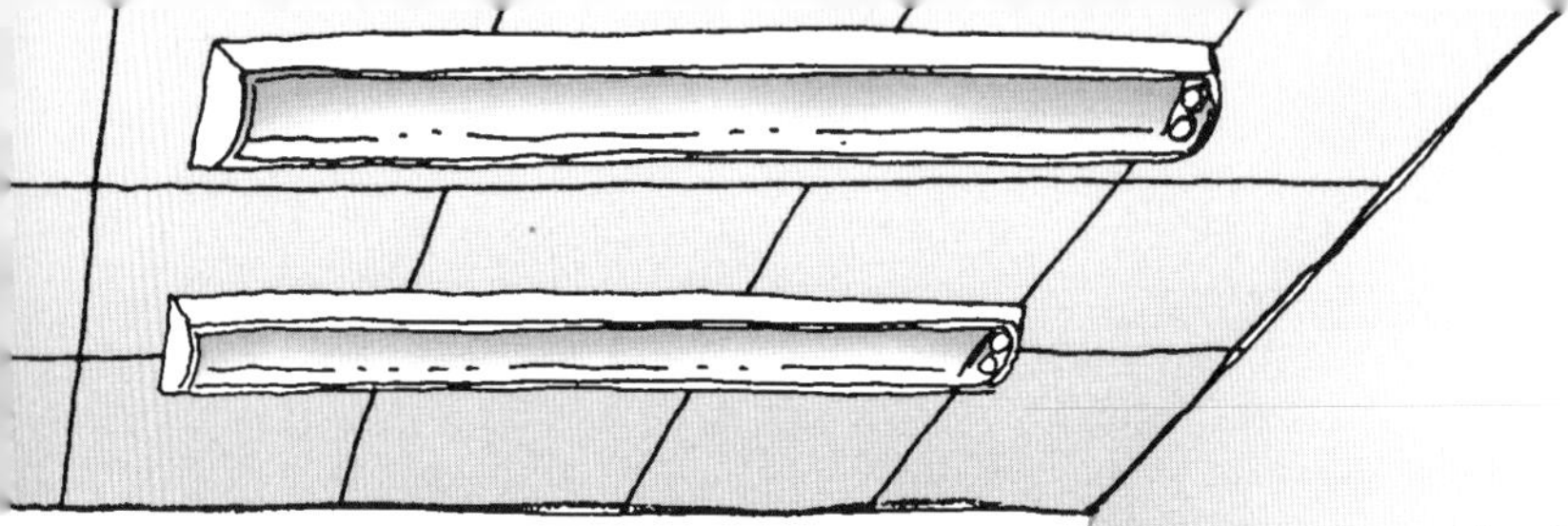

そのよく日《じつ》。

朝《あさ》、花井先生《はないせんせい》がいいました。

「きのうの夜《よる》、きょうしつのけいこうとうがぬすまれました。いま、いろいろとしらべているところです。みんなも、見《み》かけない人《ひと》を見《み》たら、すぐ先生《せんせい》にいうように。わかりましたね」

みんなはびっくりして、天《てん》じょうを見《み》ました。

「ほんとうだ。ぜんぶ、なくなってる」

「だれかのいたずらかなあ」

「だとしたら、きっとおとなよ。でなきゃ、

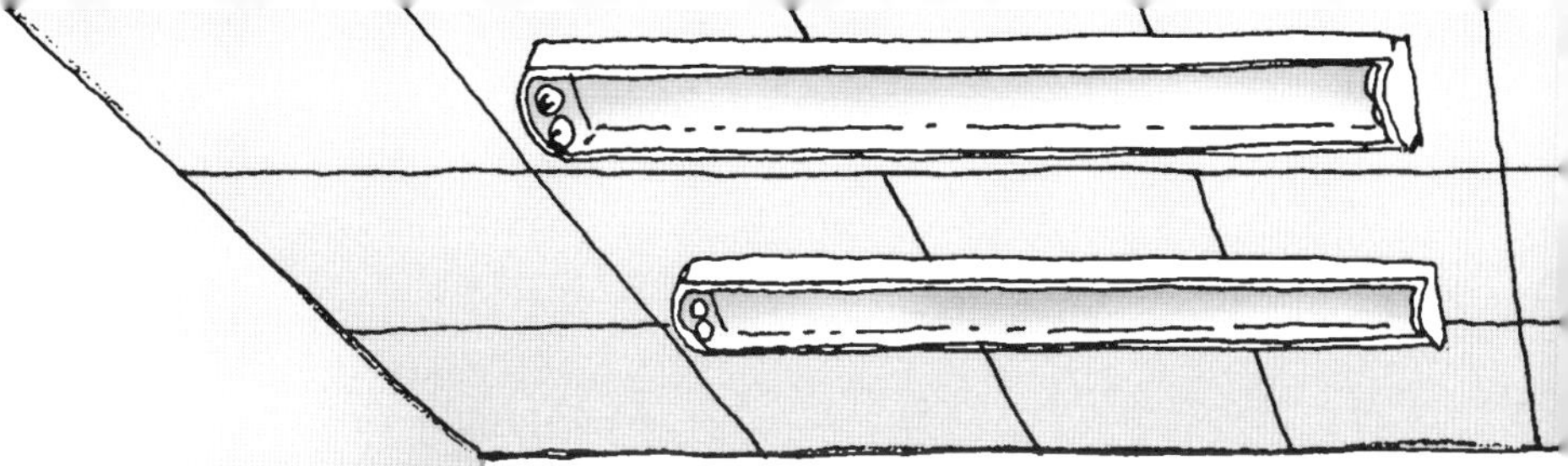

とどかないもの」

「そんなことないよ。こうやってつくえの上《うえ》に、いすをのせれば……」

「ヒデくん！　やめなさい。あぶないでしょう」

先生《せんせい》におこられて、ヒデくんはあわてていすをおろし、すわりなおしました。

「そうそう、みよちゃん。きのう、うちのトイレのでんきゅうも……。みよちゃん？　みよちゃん？　プッ」

ヒデくんはもうすこしで、大《おお》わらいするところでした。

いねむりしている
みよちゃんのまぶたには、
マジックで目《め》が
かいてあったのです。
先生《せんせい》も、みんなも、
ぜんぜん気《き》がつきません。
「みよちゃんって、
ほんとにおもしろい
子《こ》だな」

ものさし
☆ものさしを
せなかに さして コックリ・コックリ
しないように しているよ

その日《ひ》、学校《がっこう》が
おわると、ふたりは
いっしょに
かえりました。

そして、その日《ひ》も、
ヒデくんの家《いえ》で
テレビゲームをして
あそびました。

みよちゃんの
ことばが、だんだん
らんぼうに
なったのも、
きのうとおなじ。

みよちゃんが
かえったあと、

「そうだ。算数《さんすう》のしゅくだいがあったんだ」
つくえにむかったヒデくんは、スタンドを
つけようとしたのですが……。
「あれっ、つかないぞ。あれれれっ！
けいこうとうが
なくなってる」
ヒデくんは
すぐに、
おかあさんを
よびました。

おかあさんも、
ふしぎそうに、

「きのうといい、きょうといい、へんなことがつづくわねえ。なぜ、あかりばっかり……。

ヒデ、ちょっとでんきやさんにいって、かってきなさい」

「はあい。ちぇっ、めんどくさいなあ」

しぶしぶ、ヒデくんは家《いえ》を出《で》ました。

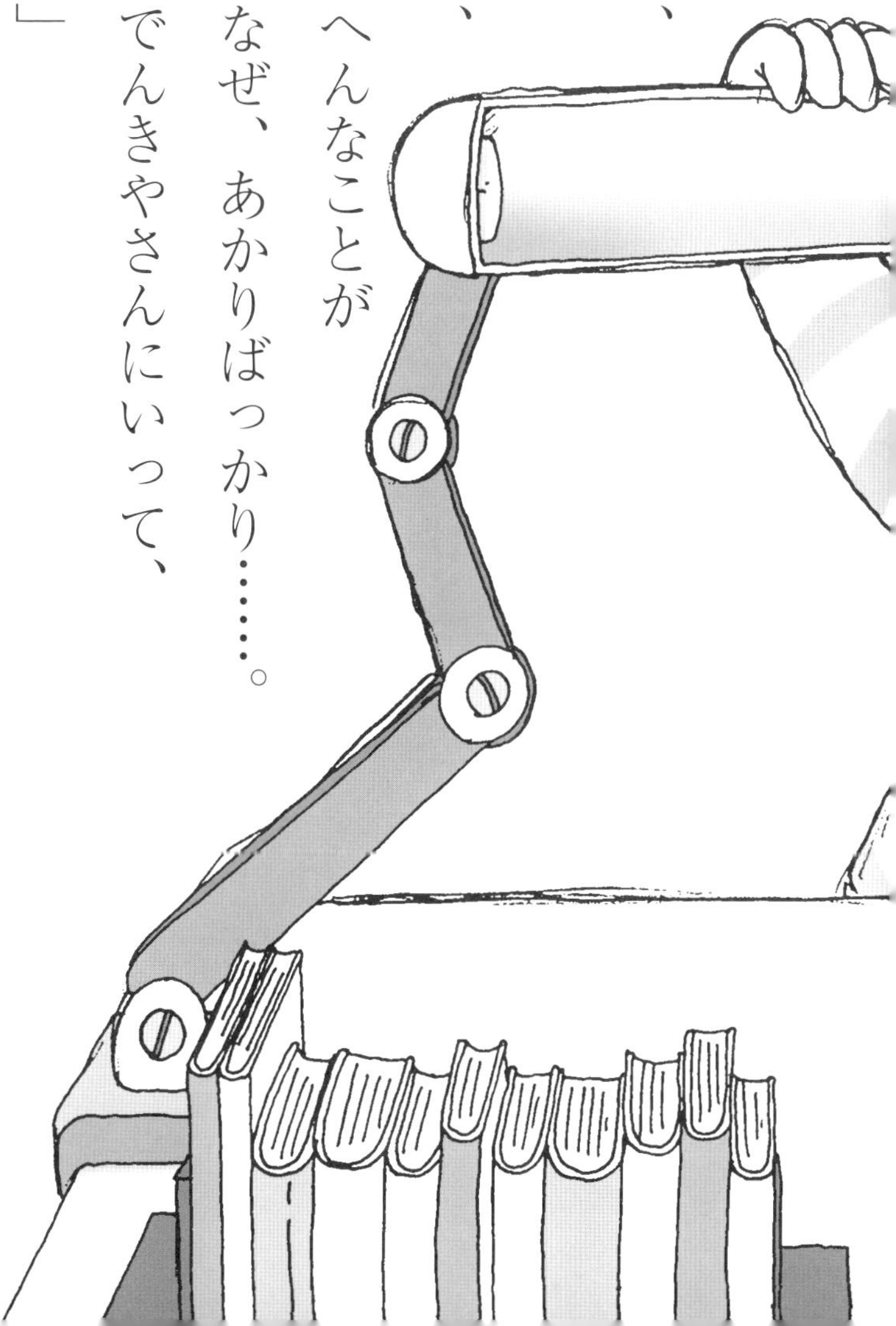

でんきやさんにいくとちゅうに、
みよちゃんの家《いえ》があります。
にわの大《おお》きな木《き》がおいしげり、草《くさ》ものびほうだい。
まるで、だれもすんでいないみたいです。
ヒデくんはゆうきを出《だ》して、こわれかけた
かきねのすきまから、のぞいてみました。
家《いえ》の中《なか》はまっくらで、まだそんな時間《じかん》では
ないのに、ぴったり雨戸《あまど》がしまっています。

「そういえば……。さっき、ゲームであそんでいたとき、ぼく、トイレにいったんだっけ。もしかしたら、そのとき、みよちゃんが、あかりを？」

あるきながら、ヒデくんはプルプルッと、首《くび》をふりました。

「みよちゃんがそんなこと、するはずないよ。それに、あかりなんかぬすんで、どうするんだよ。だれもほしがらないよ、あかりなんて」

そのよく朝《あさ》、校長先生《こうちょうせんせい》から、学校《がっこう》のみんなにお話《はなし》がありました。こんどは、女子《じょし》のトイレのけいこうとうが三本《さんぼん》、ぬすまれたというのです。

「やだー。トイレの花子《はなこ》さんじゃ……」

「こわーい」

「けいこうとうをバリバリ食《た》べる、かいじゅうがいるんじゃ……」

一時間目《いちじかんめ》がはじまっても、みんなはガヤガヤ、ガヤガヤ。

「さあさあ、しずかに、しずかに」

花井先生《はないせんせい》が、いいました。
みよちゃんだけは、しずか……。
それもそのはず、また、まぶたに
目《め》をかいて、ぐっすりねむっているのです。
(そういえば……)
ヒデくんはうでぐみをして、かんがえました。
(みよちゃんがてんこうしてきてから、あかり
どろぼうがあらわれるようになったんだ。そして、
みよちゃんがうちにあそびにくるたびに、あかりがなくなる。
……これは、なにかありそうだぞ。よし、しらべてみよう)

その日《ひ》も、ヒデくんとみよちゃんは、いっしょにかえりました。

「みよちゃん。きょうは、みよちゃんちにあそびにいってもいい？」

と、ヒデくんがいうと、みよちゃんはこまったように、

「でも、うちにきても、つまんねえよだわよ。テレビゲームもないし……」

「いいよ。ぼく、いちど、みよちゃんちにいってみたいんだ。ぼくたち、友《とも》だちだろう？」

「そんなにいうなら、しょうがねえなあだわよ」

ふるい木《き》の門《もん》をはいると、
ひるまでも、うすぐらく、空気《くうき》も
ひんやりしています。

「ああ、びっくりした。なんだ、カラスか」
「ただいま」と、みよちゃんがげんかんの戸《と》を
あけると、おくから女《おんな》の人《ひと》が出《で》てきました。
「んまあ、こぞう、じゃない
みよちゃん、お友《とも》だち？
さあ、どうぞ、どうぞ」

「おいら、じゃない、あたしのへやはこっちよ」

みよちゃんのあとから、ヒデくんは長《なが》いろうかをあるいていきました。

しょうじもふすまもぼろぼろで、天《てん》じょうには大《おお》きなクモのすがはっています。

「なんだか、きみがわるいなあ。でんきはつけないの？」

「うちは、ろうそくだけなのよ」

そのとき、ガラッとしょうじがあいて、

きものをきたおばあさんが、出《で》てきました。
「おや、こぞう。お友《とも》だちかい？
ヒッヒッヒ」
「あたしのおばあちゃんよ」
「ああ、びっくりしたあ。
こ、こんにちは」

みよちゃんのへやは、長《なが》い
ろうかをあちこち、まがった
ところにありました。
「ずいぶんひろい家《いえ》なんだね」
「まあね」
「この水《すい》そう、なにを
かってるの？」
「ヤモリのヤモちゃんよ」
「げっ！」
すると、とつぜん、

ふすまがあいて、むかしのおさむらいのようなかっこうをした人《ひと》がはいってきました。頭《あたま》には、ちょんまげをゆっています。

「おっと。こぞう、友《とも》だちかい。まあ、ごゆるりと」

「あの人《ひと》、だれ？」

とヒデくんがきくと、

「あたしのおじいちゃんよ」

「へーえ。ずいぶん、むかしの人《ひと》みたいだね」

「そうなのよ。うちはみんな、うーんと長生《ながい》きなんだわよ」

「ふーん。でも、どうして、みんな、
みよちゃんのことを、こぞうっていうの？」

「そんなこと、どうだっていいじゃないのさ。

それより、すごろくでもしてあそびましょうよ」

「うん、いいよ。でも、たのむから、ろうそくをつけてよ」

「いいわよん。ヒデくんったら、こわがりねえ」

けれども、ろうそくをつけると、いろいろなものの
かげが、ゆらゆらして、いっそうぶきみ……。

みよちゃんが、おしいれから出《だ》してきたのは、

『大江戸《おおえど》すごろく』。

さいころをふって、長崎《ながさき》というところから、江戸《えど》というところにつけば、あがりです。とちゅうで、おいはぎというどろぼうや、ろうにんというさむらいに、おそわれたりすると、もどったり、やすんだりしなければなりません。

「こういうあそびも、けっこうおもしろいね」

「ほら、おめえのばんだぜ。ぼやぼやすんな」

そのうちに、どこからか、ゴウゴウという、大《おお》きな音《おと》がきこえてきました。

「ねえ、あの音《おと》、なあに？」

「ああ。あれは、おとうさんのいびきよ」

「へえっ。それにしても、すごいいびきだね」

「ちょっと、まっててね。なにか
おやつをもってくるから」

そういって、みよちゃんは
へやを出《で》ていきました。

「ようし。いまがチャンスだ。

おしいれをしらべてみよう」

ヒデくんが、ふすまをあけると……、

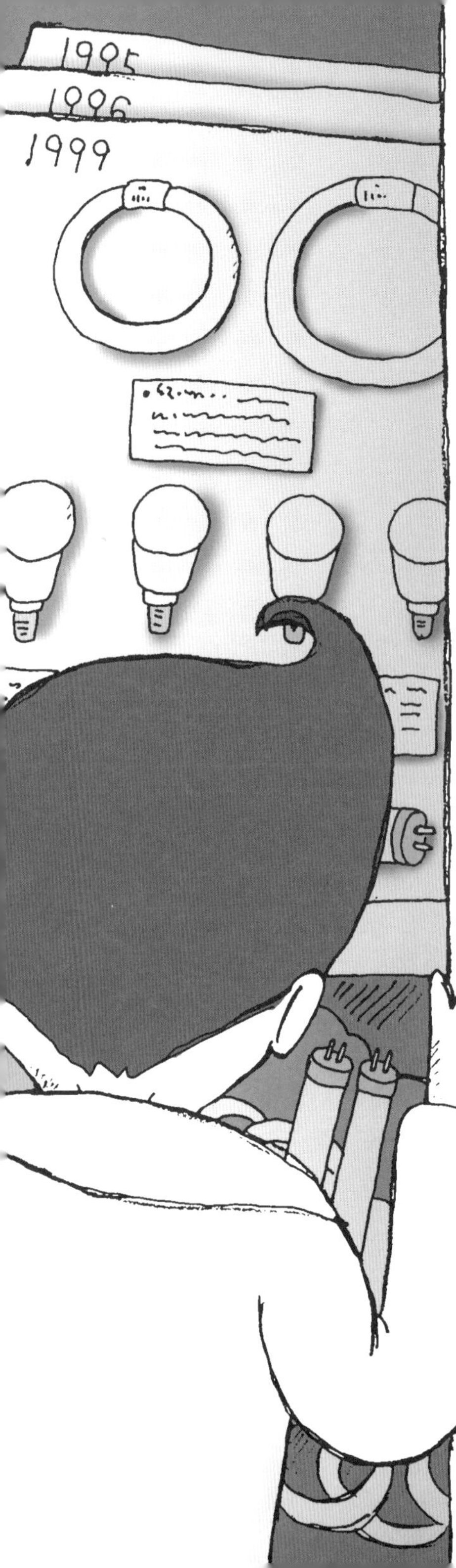

「わっ、こんなに……。やっぱり、あかりどろぼうはみよちゃんだったんだ。あっ、これは、ぼくのスタンドのあかりじゃないか。これは、教室《きょうしつ》のけいこうとうだ」

けいこうとうや、でんきゅうは、きちんとせいりされ、ひとつひとつラベルがはってあります。

「この家《いえ》は、なにかへんだぞ。ほかのへやもしらべてみよう」

ヒデくんはそうっとへやを出《で》ました。

長《なが》いろうかのりょうがわに、おなじような、
ふすまやしょうじがつづいています。
どきどきしながらすすんでいくと、
ひとつのへやから、はなし声《ごえ》がします。
「ヒッヒッヒ。こんやの夕《ゆう》はんが
たのしみじゃのう」
「まったくじゃ。さっき、
わしもちらっと見《み》たが、
うまそうのなんの。
こぞうの手《て》がらよ」

しょうじのあなから、のぞいてみると……、

おばあさんは、かみをふりみだして、
ほうちょうをといでいます。そして、
おじいさんの頭《あたま》は、体《からだ》から
はずれています。

「うひゃあっ。
ば、ばけものやしきだ。みんなで、
ぼくを食《た》べるつもりなんだ」
ヒデくんは、ぺたんとこしをぬかしてしまいました。そのとき、ガラッとしょうじがあいて、

見《み》たな！
見《み》たからには、ただではおかぬ

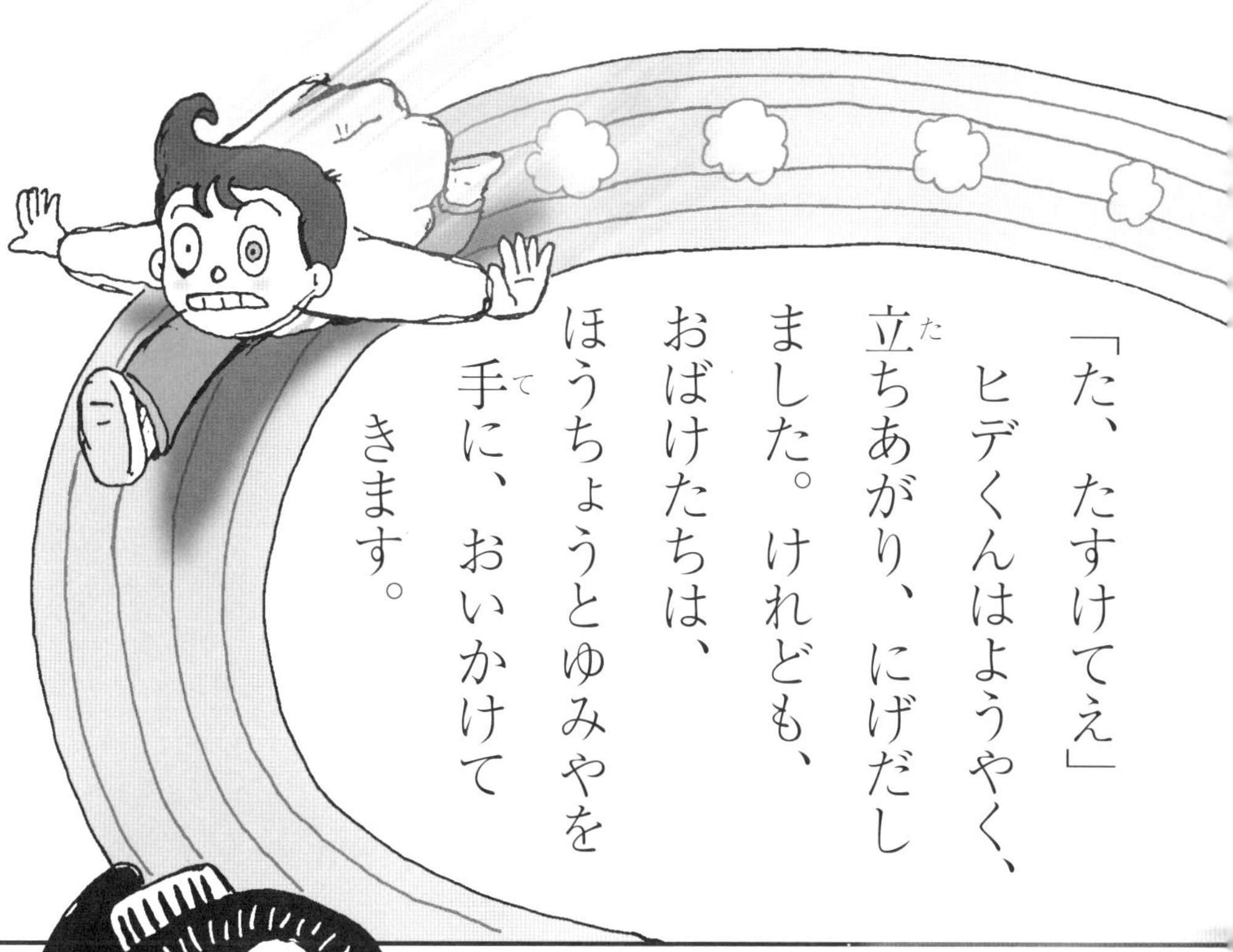

「た、たすけてえ」
ヒデくんはようやく、立《た》ちあがり、にげだしました。けれども、おばけたちは、ほうちょうとゆみやを手《て》に、おいかけてきます。

「あら。ぼうや、どうしたの？」
「あっ、おばさん。たすけて。あっちにおばけが……」

んまあ。あんた、見《み》たのねええ。れろれろ
ぎゃっ、ろくろっくびだあ！

まてえ！
にがさないぞ！
みよちゃーん！たすけてえ！

ガラ
だれだ？ わしのひるねをじゃまするやつは
ゆるさんぞ！
ひえーっ
ウー！

がまがえるのおばけを見《み》て、ヒデくんは、気《き》をうしなってしまいました。
ヒデくん、ヒデくん、しっかりして
ヒデくんを、やさしく、だきおこしてくれたのは……。

「ひゃー、三《み》つ目《め》こぞうだ。もう、いやだあ」
ヒデくんが、なきべそを
かくと、

「おいらだよ。ほらね」
三《み》つ目《め》こぞうが、おかっぱの
かつらをかぶってみせました。
「み、みよちゃん」
「だから、おいら、学校《がっこう》なんていきたく
なかったんだよ。しかも、女《おんな》の子《こ》に

ばけていくなんて……」
みよちゃんは、また、かつらをほうりだして、三《み》つ目《め》こぞうにもどりました。

前《まえ》の町《まち》にいたときも、その前《まえ》のときも、おまえのせいでうたがわれて、それで、この町《まち》にひっこしてきたんだろうが
まったく、ちっとはがまんができないのかね
だって……

下《した》をむいて、三《み》つ目《め》こぞうがいいました。
「学校《がっこう》はきらいだけど、おいらだって、友《とも》だちがほしいよ。

それに、あかりを見《み》ると、ついぬすまずにいられないんだ。
このよがもうすこし、くらければ、おいらたち
おばけも、すみやすいのに……」
「そうだったのか。それで、あかりを……」
　ヒデくんは、なんだか
三《み》つ目《め》こぞうが、かわいそうになってきました。
「じゃあ、みよちゃん、じゃない、三《み》つ目《め》こぞうくん。
いつも、学校《がっこう》でいねむりしていたのも、おばけだから？」
「うん。おばけは夜《よる》の生《い》きものだもん。ひるまはねむくて、
ねむくて……。前《まえ》の学校《がっこう》でも、よく先生《せんせい》におこられてたんだ」

「やっぱり、むりなのかもしれんなあ。
人間《にんげん》のかぞくのふりをして、町《まち》でくらすなんて」
やまんばが、ためいきをつきました。
「しかし、わしらにはもう、かえるところがないしなあ」
がまのおばけが、うでぐみをして、いいました。
「すんでいた山《やま》はなくなって、
どんどん家《いえ》がたっちまうし……」

「森《もり》や林《はやし》は、ゴルフ場《じょう》になっちまうし。グスッ」

「どこにいっても、明《あか》るいところばっかりだもんなあ。こぞうのきもちも、よくわかるよ」

「だが、ひみつをしられたからには、しかたがない。また、どこかにひっこすか。はあーっ」

おばけたちは、みんな、しょんぼり……。

すると、三《み》つ目《め》こぞうがこんなことをいいました。

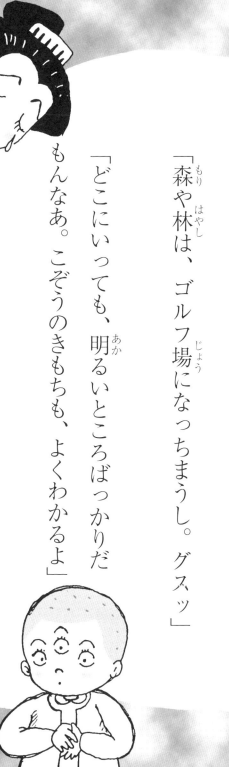

「おいら、いやだよ。また、てんこうするなんて。せっかく、ヒデくんとなかよくなったのに」

「ぼくだって、い、いやだよ」

まだすこし、ふるえながら、ヒデくんはいいました。

「ぼく、だれにもいわないよ。やくそくするよ。だから、三つ目《みめ》こぞうくんも、もう、あかりをぬすんじゃだめだよ」

「わかった。やくそくするよ。やった！　これで、てんこう

しないですむぞ」
三《み》つ目《め》こぞうは
とびあがって、
大《おお》よろこび。

「ヒデくんとやら、
ほんとうですかい？」
「ほんとうに、わしらのひみつを
まもってくれるんで？」
「だれにもいわない？　れろっ？」
「は、はい。やくそくします」

「それなら、
指《ゆび》をきって
もらわんとなあ」
やまんばのほうちょうが
ギラリとひかりました。
ほかのおばけたちも、口《くち》ぐちに、
「そうじゃ、そうじゃ。ほれ、はやく手《て》を出《だ》せ」
「右手《みぎて》がいいか、左手《ひだりて》がいいか」
「いやだ、いやだ。どっちもいやだよう」
ヒデくんは、にげようとしました。

でも、おばけたちは、
ヒデくんをおさえつけ、
「さあ！　いまじゃ。
こぞう、はやくきれ」
「よしきた！」
三《み》つ目《め》こぞうは、ヒデくんにちかよると、

ヒデくんの小指《こゆび》に、
じぶんの指《ゆび》をからませて、
「指《ゆび》きりげんまん、うそついたら、
はり千本《せんぼん》、のーます。指《ゆび》きった」
まわりのおばけたちが、パチパチ、はくしゅをしました。

「なあんだ。指《ゆび》きりのことだったのか」
ヒデくんがいうと、
「だから、指《ゆび》をきると、ちゃんといった
じゃろう。なにをこわがっておったのじゃ」
首《くび》なしのぶしがいいました。
「でも、でも、ぼく、きいちゃったもん、あのほうちょうをもっ
たおばあさんが、こんやのごはんがたのしみだって、こぞう
の手《て》がらだって。やっぱり、ぼくを食《た》べるつもりなんだろう」
「なんじゃ、そのことかい。ヒヒヒ」
おばあさんは、ぶきみにわらうと、

「あれは、こぞうのかっているヤモリの
ことじゃよ。ずいぶん大《おお》きくなって、
ヤモリじるにしたら、さぞ
うまかろう。ケケケ」
「なんだと！　ヤモちゃんは、
おいらのペットだぞ」
三《み》つ目《め》こぞうが、やまんばと
首《くび》なしのぶしに
くってかかりました。
「そんなことしたら、おばばのペットの

ゴキブリのゴキちゃんを、
フライにして食《た》べてやるからな」
「まあまあ、けんかはやめようよ」
じぶんが食《た》べられるのではないと
わかったヒデくんは、あんしんしていいました。
「そんなことより、人間《にんげん》のふりをするなら、みんなの
そのかっこうは、やばいよ。だれが見《み》たって、おばけ
だってわかっちゃうよ」
「ぎくっ」
おばけたちは、さっと青《あお》ざめました。

「わしの、ど、どこが
おかしいというの
じゃ」
首《くび》なしのぶしが、首《くび》をもとどおりにして、
むねをはりました。
「ちょんまげなんか、ゆってちゃだめだよ。むかしの人《ひと》
みたいじゃんか。おかあさんだって、そんなかみがたで
きものなんか、お正月《しょうがつ》ぐらいにしか、見《み》かけないよ」
ヒデくんにいわれた、
ろくろっくびは、

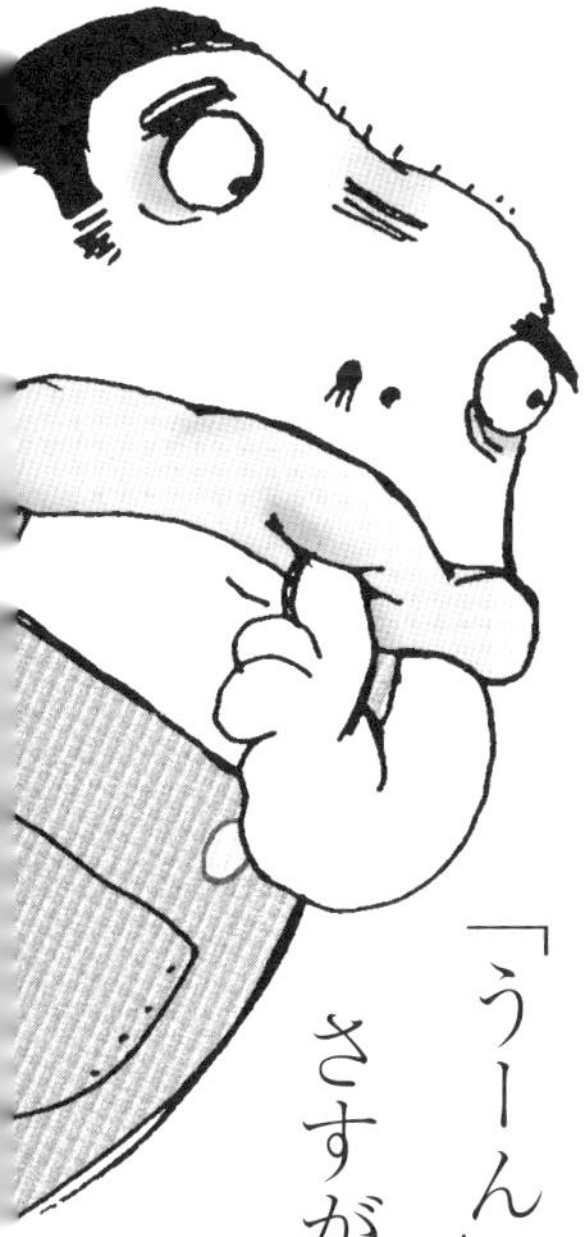

「そうだったの。だから、かいものにいくと、みんなが
わたしをじろじろ見《み》るのね。れろ〜」

「わしはだいじょうぶだろ、わしは」

やまんばが、出《で》てきました。

「だめだめ。ほうちょうなんかもって、うろうろ
してたら、おまわりさんに、つかまっちゃうよ」

「で、わしは……」

がまのおばけも、ききました。

「うーん」

さすがのヒデくんも、頭《あたま》をかかえました。

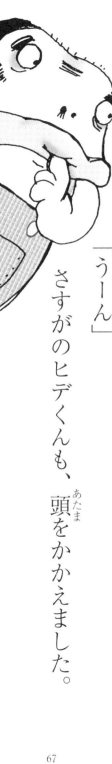

「おとうさんは、まず、
ダイエットして、やせなきゃな」
それをきいた、ろくろっくびのおかあさんが、
「ほら、見《み》なさい。あなたが、いちばん
めだって、あやしいのよ。さすが人間《にんげん》は、
人間《にんげん》のことが、
よーく
わかってるわ」

「そうじゃ、おばけだけで
かんがえていても、なかなか人間《にんげん》になりきれる
もんじゃない。このさい、ヒデくんさんに、先生《せんせい》に
なってもらい、いろいろと、おしえてもらおうじゃないか」
がまのおばけがいいました。
ほかのおばけたちも、口《くち》ぐちに、
「そりゃ、ええかんがえじゃ」

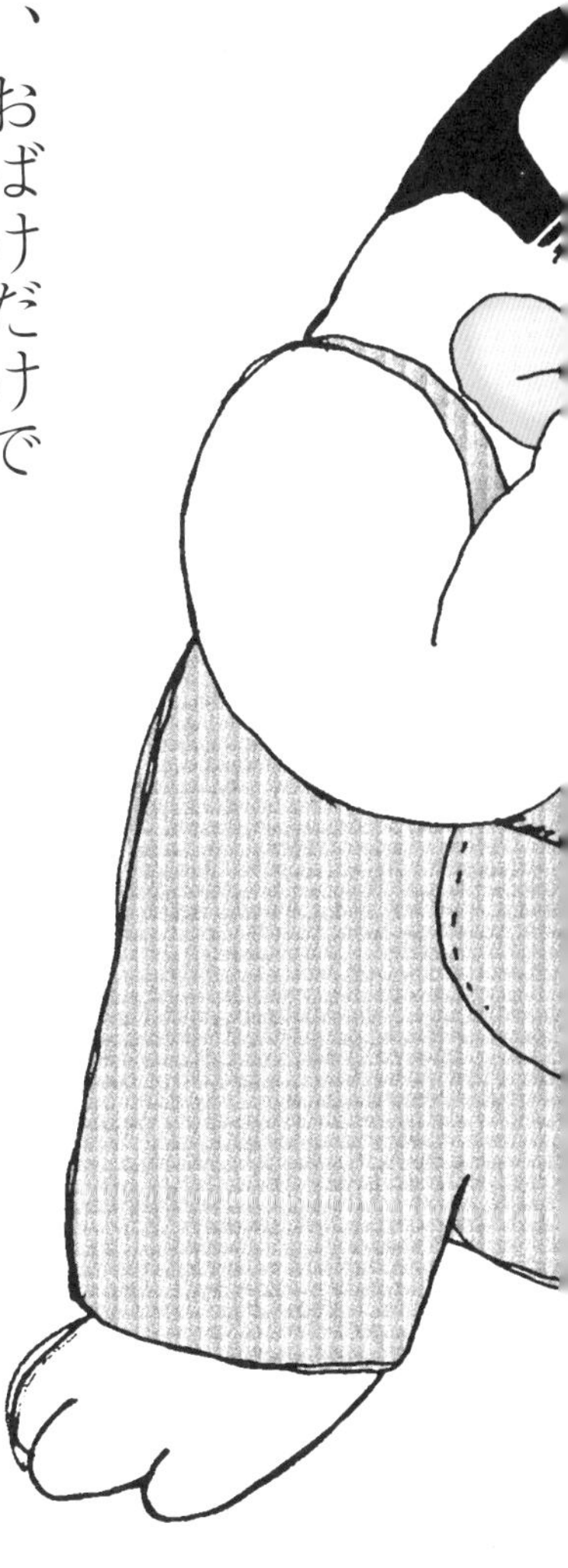

「ぜひ、おねがいしますわ。れろん」

「先生《せんせい》、どうか、ひきうけてくだせえ」

「先生《せんせい》」

「せんせい！」

「せんせいさま」

「そんなあ、ぼくが先生《せんせい》なんて……、でへへ」

ヒデくんが、てれていると、

「たのむよ、ヒデくん。いや、ヒデ先生《せんせい》。もうひっこしなんか、

こりごりなんだ」
三《み》つ目《め》こぞうが、しんけんな
三《みっ》つの目《め》で見《み》つめています。
「ぼくに、できるかなあ？」
「さきほどのみごとな
アドバイス。ヒデくんさんいがいには、
かんがえられませぬ」
「へへへ、そう？　そんなにいうなら、
ひきうけてあげようかな」

「ありがとうございます」

おばけたちは、ふかぶかと頭《あたま》をさげました。

「じゃあ、ぜんはいそげじゃ。こんばん、ほかのなかまにあつまってもらって、ヒデくん先生《せんせい》に、ごあいさつをしようじゃないか」

がまのおばけが、いいました。

「ええっ。まだ、おばけがいるの？」

「はい。きんじょに、いっしょうけんめい人間《にんげん》に

とけこもうとがんばっているおばけが、
たくさんすんでいるんです」
「おばけどうし、たすけあわんとな」
「そんなの、きいてないよー」
ヒデくんは、また、せなかが
ぞくぞくしてきました。が、
「では、こんばん夜中《よなか》に、またきて
くだされ。たのみましたよ、ヒデ先生《せんせい》」
首《くび》なしのぶしに、ばしっと
せなかをたたかれてしまいました。

そのばん、ヒデくんはそっと、
ねどこをぬけだして、

くらい夜道《よみち》を、三《み》つ目《め》くんの
おやしきへ、いそぎました。

ヒデくん、じゃない、ヒデ先生《せんせい》。どうぞ、こちらへ

長《なが》くてくらいろうかを、
あんないされてすすむと、
つきあたりに、大《おお》きな
ふすまがありました。

「ヒデ先生《せんせい》が、
いらっしゃいました」
三《み》つ目《め》こぞうは、
大《おお》きな声《こえ》でそういうと、
ふすまを、がらっと
あけました。

ささ、先生《せんせい》。ずずいっと、こちらへ

ラーメン

わたしぬりかべ きんじょの たばこやの かべやってます。
ぼくの ともだち 赤《あか》おにさんと 青《あお》おにさんは プロレスラー なんだよ
こめやさやってる あずきとぎです うちでつくった おせきはんめし あがってください。
ギョーザ
わたしなんかー いまふうにー おしゃれできてるしー アドバイスとか ひつようないしー
大《おお》あめのときは いつでも およびください
あんなこ わしのしんせきに いたような…

わたし ヘビ女《おんな》 きんじょのクラブで うたうたってるの
こうして、ヒデくんは、おばけのかていきょうしになったのです。でも、ほんとうに、だいじょうぶ、ヒデくん……？
た、たいへんなことを ひきうけちゃった みたい……

作者紹介

◆さとう　まきこ

一九四七年、東京に生まれる。上智大学仏文科中退。『絵にかくとへんな家』（あかね書房）で日本児童文学者協会新人賞を、『ハッピーバースデー』（あかね書房）で野間児童文芸推奨作品賞を、『4つの初めての物語』（ポプラ社）で日本児童文学者協会賞を受賞。そのほか主な作品に『犬と私の10の約束　バニラとみもの物語』、『14歳のノクターン』（ともにポプラ社）、『宇宙人のいる教室』（金の星社）、『ぼくらの輪廻転生』（角川書店）、『9月0日大冒険』、『千の種のわたしへ　―不思議な訪問者』（ともに偕成社）、『ぼくのミラクルドラゴンばあちゃん』（小峰書店）などがある。

画家紹介

◆原　ゆたか（はら　ゆたか）

一九五三年、熊本県に生まれる。一九七四年、KFSコンテスト・講談社児童図書部門賞受賞。主な作品に「かいけつゾロリ」シリーズ、「ほうれんそうマン」シリーズ、「イシシとノシシのスッポコペッポコへんてこ話」シリーズ、『サンタクロース一年生』（以上ポプラ社）、「プカプカチョコレー島」シリーズ（あかね書房）、「にんじゃざむらいガムチョコバナナ」シリーズ、「ザックのふしぎたいけんノート」シリーズ（ともにKADOKAWA）などがある。

どっきん！ がいっぱい 4
ぼくは おばけの かていきょうし
なぞの あかりどろぼう

二〇一六年五月 初 版
二〇一七年七月 第二刷

作 者 **さとうまきこ**
画 家 **原ゆたか**
発行者 **岡本 光晴**
発行所 株式会社あかね書房
東京都千代田区西神田3-2-1
電話 03-3263-0641（営業）
03-3263-0644（編集）
〒101-0065
印 刷 株式会社 精興社
製本所 株式会社 ブックアート
NDC913／81P／22cm
ISBN978-4-251-04324-5

どっきん！が いっぱい

さとう まきこ・作　原ゆたか・絵

子どもまつりのおばけ屋敷で、おばけにおいかけられたり、
自動販売機の中に宇宙人が住んでいたり……。
ちょっとこわくて、楽しいシリーズ！

1. きょうしつは おばけがいっぱい

こどもまつりで、おかあさんたちがつくったおばけやしき。そこにひとりではいっただいくんは……？

2. せかいでいちばん ほしいもの

なつやすみのこうえんで、けんくんとかいくんは、おおげんか。サンタさんは、ほんとうにいるのかな……!?

3. なぞの じどうはんばいき

みっくんが、じどうはんばいきでジュースをかおうとすると……。ちがうものばかりでてくるひみつは？

4. ぼくはおばけの かていきょうし なぞのあかりどろぼう

てんこうせいのみよちゃんがきてから、家《いえ》や学校《がっこう》でじけんが。ヒデくんが「おばけやしき」にいくと……!?

5. ぼくはおばけの かていきょうし きょうふのじゅぎょうさんかん

人間《にんげん》のふりをおしえる「おばけのかていきょうし」になったヒデくん。じゅぎょうさんかんのために作戦《さくせん》を考《かんが》えて!?

FS
とんかつ